KB196250

잠자리 비행사

잠자리 비행사

김방순 동시집 | 박희선 그림

이꿈

친구들아! 난 신나게 나는 잠자리 비행사야.

우리 동네 호숫가에 놀러 와보면 알 수 있어.

꽃분홍 꽃들이 얘기 나누며 한여름 더위를 이겨내는 배롱나무!

화사한 웃음을 선사하는 수국!

땀 흘리며 운동하는 사람들을 보며

나처럼 더위를 이겨내는 용기를 더 가지라고 말하고 싶어.

난 호숫가 주위를 맴돌며 기쁜 마음을 전하고 있단다.

살랑거리는 바람을 타고 아이들의 멋진 날을 위해서 날고 있잖니?

초록이 물든 잎새 사이로 매미 울음소리가 온 동네를 들썩거리게 하고 있어.

뜨겁게 여름이 달구어져도 마음만은

바다 위를 날아다니는 갈매기처럼 시원하단다.

더욱 시원한 여름이 되라고 아이스크림처럼
부풀어 오른 뭉게구름 아이스크림을
너희들에게 선물하고 싶구나!
어린이들이 행복하면 참 좋겠어.
우리 신나게 《잠자리 비행사》 동시와 놀아 볼래?

2024년 가을

김방순

동시의 세계를 알려준 서향숙 교수님과
옥전문학회 회원님께 감사드립니다.
늘 곁에서 응원해 준 남편과 손주들에게 고마움을 전합니다.

제2부 활짝 피었습니다

제3부 나랑 바꾸지 않을래?

제4부 새들의 놀이터

제1부 | 내 마음 쾅 터지면

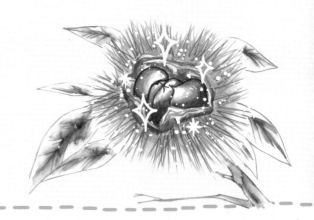

어쩌면 좋아

똑
똑
똑
천장의
물방울
노크소리

이불
침대도
세숫대야를
머리에 이고
똑
똑
똑

내 마음 어찌 알겠니?

친구와 날아다니는
해질 무렵 고추잠자리

비단 그물 날개 자랑하며
호숫가를 구경 다닌다

나도 잠자리가 되어
등에 업혀 날고 싶다

너희들이
내 마음 어찌 알겠니?

부러워 고개 아프도록
빤히 바라본다.

내 마음 쾅 터지면 큰일이다

가슴 콩닥콩닥
누굴 뽑을까
친구들 눈동자 동글동글
쓱쓱 연필 소리

빨갛게 달아오른 얼굴
덜덜 떨리고
숨이 멎는 듯하다

박수 소리와 함께
처음으로 우리 반
대표되는 날
내 마음 팡 터지면 큰일이다.

사라지면 어쩌지?

전교생이 서른 명
절반은 다문화 아이들
절반은 서울에서 유학 온
아이들이다

아이들 웃음소리 사라진 산골
학교가 사라질까
나무들도 잠 못 들고

연못 속 수초들
아이들을 기다리며
재잘대던 운동장에서
풀들은 키다리가 되어가고

유학을 환영하는
현수막 위로
새들도 축하 노래를
자글자글 불러댄다.

16

오이가 귀 세우고

나는 산등성이에 자리 잡은
오이 모종.
산책길 발소리에 바싹
귀를 세우고 있어요

넉넉한 햇살에
줄기가 뻗어나갈 수 있게
도와줄 수 없나요?

페트병 물만으로는
한참 부족한지
가느다란 손가락에 힘이 없어요

목마름을 풀어준다면
덩굴손 뻗어
싱싱한 열매 매달고
오이 향도 선물할 게요

누가 나에게
한 됫박 물 좀 나눠줄래요?

상어의 눈물에 아빠도

선장인 아빠
넓은 바다 깊은 곳
낚시를 나간다

거센 파도 이는 바다라도
우리 아기들을 위해 깃발 달고 달려간다

아빠의 커다란 낚싯바늘에
커다란 상어 코가 꿰여버렸다

힘껏 끌어당기는 질긴 줄

상어는 벗어나려 몸부림치고
핏빛으로 물든 바다

물 밖으로 끌려 나와
뱃속 아기 품고

눈물을 쏟는 엄마 상어

아빠도
미안한 마음에
울컥울컥

스르륵 낚싯줄을 끊어주었대.

엄마 찾는 아기 뱁새

찬바람 휘휘
대숲을 흔드는 산책길

발자국소리에 놀라서
푸드득
흩어지는 뱁새들

보금자리
들키지 않으려고
멀리서 지켜보고 있다

살금살금
대숲을 들여다보니
엄마를 찾는 아기 새 울음
가느다랗게 들려온다.

봄비 나들이

문수골 산골짜기에
왜
안개비가 찾아들었을까?

살포시 까치발 들고
왜
웃으며 방문했을까?

굽이진 깊은 산골짜기
조붓한 산마을까지

메마른 나뭇가지
흔들어 깨우며
왜
깊고 아득한 숲 마을 나들이했을까?

분적산의 꿩

꾸엉 꾸엉
장끼 울음소리

두두두두
까투리 날갯짓 소리

무슨 일일까?
보이지 않는 보금자리에
나쁜 뱀이 나타났을까?

살짝 엿보고 싶어 멈칫멈칫
장끼와 까투리 걱정에
마음이 쿵쾅거린다.

26

노란 물결 금계국

유월 첫 나들이
빗방울 리듬이 경쾌하다
노란 물결 금계국
이마 맞대고 깔깔거린다

초록빛 싱그러움 연출하는
축제 한마당
주인공처럼 사랑스럽다

너의 눈빛에
내 마음 쿵쿵
뛰어 내린다.

새집으로 이사 가는 날

엄마 사랑
듬뿍 받는 관음죽
비좁은 틈바구니에서
울고 있다
무거운 화분
물구나무 세우고
부둥켜안은 뿌리
탈출 시키고
휘감긴 뿌리 잘라낸다
새집으로 이사 가는 날
기분 좋아서
기지개 켜는 날.

모과나무의 생각

잎 새 뒤에 얼굴 숨기고 있는
부끄럼쟁이들
누구에게 향기를 선물할까
생각하나보다
불어오는 센 바람에
무거워진 열매
힘들었을까?
툭 떨어진 그 자리
사람들 발길 모은다
향기 담긴 얼굴
모과향이 스며온다.

툭 찌지직

바람이 "뭐해?"하고
밤나무 가지 어깨를 탁 때리자
가지가 송두리째 꺾였다

툭 찌지직
밤나무는 소리를 지르며
바람을 노려봤어

아닌데 이건 아닌데
바람은 손을 힘껏 저었지

바람이 한 건
가지치기래

밤나무의 내일을 위한
저축 같은 거래

커다란 열매를 맺으려면
잔가지는
꺾어줘야 한 대

가을날
커다란 알밤을
얻는 건
아주 어려운 일이대

뻥튀기

–뻥이요!
동네 아이들
불러 모으는 소리

쌀과 보리
옥수수도 줄서 있다

이글거리는 지구가
자기도 뜨겁다며
빙빙 돌며 몸부림친다

펑 소리에 놀라고
옥수수 튀밥 맛에
한 주먹 불룩불룩
씹어 삼키는 순간

목구멍이 아프고

피가 난 바람에
놀란 엄마와
이비인후과에 갔다

목에 걸린
철사도막을 꺼낸 의사선생님

힘든 시간
생각만 해도 덜덜덜.

산소 가는 길

피아골 산골짝
알밤 보물 반짝반짝

낮에는 햇살 안고
밤에는 달빛 받아

흔들리는 바람결
알밤이 호주머니 가득가득

구수한 군밤 생각
입안에 침이 꿀꺽

잼피나무 있는 산소
할아버지 목소리
들리는 듯하다.

눈물 어린 이별식

어릴 때부터 함께 한 돌순이
쌕쌕거리는 숨소리
쌓여가는 아픔에
엄마 곁 떠나지 않는
강아지들
고개 떨구고
엄마 몸 감싼다

동물병원에서
치료하고 돌아와
날 밝기를 기다리는 안타까움

끝내 아기 강아지들과
눈물 어린 이별식을 치룬 돌순이
정든 가족 마음속에 살고 있다.

제2부 | 활짝 피었습니다

멀구슬나무

살랑이는 바람타고
꽃향기 따라가면
깨 씨 무늬
피어난
연보라 꽃송이
비님이 스며오고
해님도 다녀가면
무더운 여름
만든 그늘
사람들 쉼터다

봄에는 꽃향기로
가을엔 구슬로
귀여움 받는
멀구슬나무
뿌연 안개 또렷하게 걷히면
또르르
구르는 듯
말간 목소리
들리는 듯하다.

무궁화 꽃이 피었습니다

꼬옥 꼭 눈감고
또랑또랑 들려주는 술래
-무궁화 꽃이 피었습니다

바람돌이 아이들 움직임
인기척도 시치미 떼고
햇빛도 숨죽이고 신바람 난 친구들
날개를 편다

꽃망울 터지듯 자라는 우리들
땀방울 송글송글
즐거운 몸과 맘

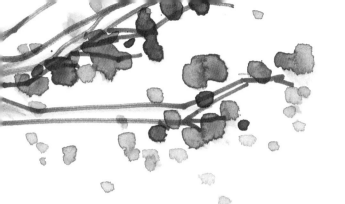

힘찬 심장의 쿵쾅거림
들키지 않으려는 눈치작전에
한 걸음 한 걸음

–무궁화 꽃이 피었습니다.

나비 손님

따뜻한 창가에 앉은
흰나비 한 마리
날개 접었다 폈다

우리 집에 온 손님
빨간 꽃 제라늄에서 나왔을까

경칩이 내일인데
밖에서 못 본 나비
식구들 왕방울 눈

살금살금 두 손 움켜쥐고
창밖에 풀어 준다

너를 얼마나 보고파 할까
엄마 찾아갈 때
길 잃지 마렴.

꿈틀꿈틀 꿈틀꿈틀

버들강아지 꿈틀꿈틀
봄을 불러요
초록 생명 틔우니
새로운 기운 듬뿍 담아
봄 인사 나눠요

봄바람 불러내어
마음에 새싹 키우고
햇살 한 줌
빈자리 채워가며
꽃망울 터뜨리라고
살포시 끌어안고 마법 걸어요.

쉿! 귀 기울여 봐

솜사탕 눈꽃송이
혀끝에 사르르르
아이들 폴짝폴짝
행복한 함성소리
너와 나 발자국 도장
두근두근 즐거워

바람에 나풀나풀
목화송이 휘날리면
속삭임 도란도란
흥겨운 노랫소리
성탄절 선물꾸러미
너와 나 귓속말
소곤소곤 달콤해.

나무가 되어

나무는 보고 있다
놀다간 빈자리
누가 왔다 갔는지

나무는 듣고 있다
허수아비처럼
사람들 세상 이야기를

나무는 기다리고 있다
햇살과 바람 손잡고
온몸으로 키우는
땅속 힘이 차오를 때

나무는 웃고 싶다
벌 나비 손님 맞으며
튼실한 열매 주렁주렁 매달고.

벚꽃 친구들

연분홍 모자 쓴 벚꽃
직박구리도 꽃그늘이 좋은지
기웃거린다

꽃샘바람에도
따스한 햇살 둥지 부르며
이야기 소곤소곤
개나리꽃과 눈인사
동백과도 수다 떨며
백목련과도 친구 된다.

잠자리 비행사

투명한 날개 단 잠자리 왕눈이
나뭇가지에 슬며시 내려앉았어
반짝반짝 날개가 부러워
동생 주려고 잠자리채로 낚아챘어
무서웠나 봐 벌벌 떠는 날개
비행사는 두려움을 이겨야한다는데
동생을 바라보는 겁에 질린 왕눈이
두 눈이 튀어나올 것 같아
망설이다 그만 하늘로 날려 보냈어
그제야 은빛 날개 펼치며 날아가는
잠자리 비행사.

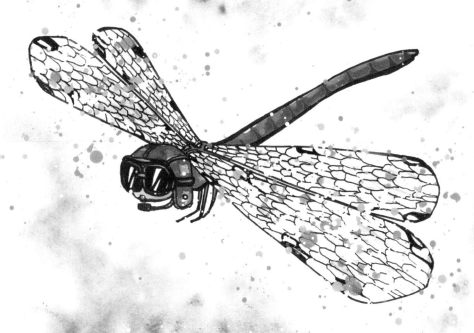

향기 시계

향기시계가 불러준
꽃 정원 잔치에
소르르 갔다

곰실대는 햇살과
나붓대는 봄바람

너와 나
진한 우정의 숨결이
은은한 향기 속에
담겨 있는
향기 시계.

50

미소 짓는 민들레

마른 풀숲 사이에서
고개 들고
배시시
웃음 지으며
안겨온다

추운 겨울
웅크린 채
엎드려 있더니만

물동이
노란 항아리
머리에 이고
나왔구나.

바닷가 바람 친구
가까이 다가와
휘리릭
휘파람 불어준다.

노란 손가락의 해바라기

꼼지락꼼지락
작은 씨앗 하나
땅속에 토닥토닥

햇볕과 친구 되어
바람 손잡고
뿌리 힘 키워간다

해님 닮아 둥근 얼굴
웃음 머금고
알알이 까만 씨앗

노란 손가락
하늘 향해
흔들흔들

흰 구름 끌어당겨

귓속말하는 푸른 하늘

사람들 꽃 미소에
세상이 환하다.

호기심 천국으로 와 보세요

새싹 보고 있으면
마음에 초록물이 들고

꽃을 보고 있으면
마음에 사랑 꽃이 피어나고

파아란 하늘의 구름을 보면
둥실 둥실 날개를 펴는 마음

드넓은 바다 보면
헤엄치는 돌고래 된다

상상의 나라엔
새로운 것들이 가득 찬
호기심 천국.

별처럼 빛나는 우정꽃

자석처럼 끌어당기는 보석 한 알
별처럼 빛나는
우정꽃

날마다 핸드폰으로
메시지 보내면
숨겨진 마음이 배달된다

친구가 보내는 웃음소리에
힘이 솟고
마음에 날개가 돋아난다.

신기한 할머니 발가락

할머니 발은 쭈글쭈글
내 발가락은 보들보들

엄지발가락에
동그란 구슬이 숨어있다

꼭 끼인 신발에
발가락이 굽었단다

할머니 발가락
신기하기만 하다.

싱싱하게 자라는 가족 나무

부모님 사랑 속에
태어난 나
소중한 생명으로 온 축복
식구들의 보살핌 속에
걸음마로
웃음을 주었지

게임하여 꾸중 듣고
훌쩍훌쩍
눈 앞 별이 뜰 때
가슴으로 안아주는 엄마
비바람 불어도
가족나무는 싱싱하게 자라고 있지.

제3부 | 나랑 바꾸지 않을래?

사라진 옷

미끄럼틀 오르락내리락
오징어 게임을 한다

신나는 게임
이마에 땀이 송글송글

학원가는 시간 놓칠세라
뛰어 오른 버스

아차 내 실수
이제야 보인다

공부 끝나고 가보니
점퍼대신 낯선 옷

주인 잃은 옷
얼마나 서운했을까?

새 손톱을 기다린다

오랜만 가족모임
즐거운 술래잡기
어두컴컴한 장롱 속에 숨었다가
문틈에 끼인 손가락
붉은 피 뚝뚝뚝

놀란 엄마 아빠
119 구급차도 달려오고
수술대에 오른 동생
붕대에 휘감긴 손가락

깨어났지만
마음대로 움직이지 못한 동생
눈물 글썽이는 아빠 엄마
가족은 새 손톱을 기다린다.

나랑 바꾸지 않을래?

쉴 새 없이
바람이 불어오는 무의도
갈매기는
춤 무대를 펼친다

끼룩 끼룩 끼르륵
새우깡을 던지자
힘차게 날아와
예쁜 부리로 먹이를 낚아채는 넌
양궁 화살처럼 빠르다

갈매기야
나 대신 학교 다니렴
난 하루 종일
여기서 춤을 출게

나랑 바꾸지 않을래?

볼우물에 웃음이 고이고

동생과 함께 도서관 간 날
다섯 살 여동생
-오빠 나 똥마려워!

어떡하지?
갈팡질팡
도와줄 엄마도 없는데

안절부절
여동생 데리고 공중 화장실에 가
급한 일 해결해 주었다

투정 부리던 동생
볼우물에
배시시 웃음이 고인다.

친구 사이에 강물이

바람이 도화지를 날린
범인인 줄
모르고 싸웠다

친구 주먹이 날아오고
머리가 흔들리며
엎치락뒤치락
내 손톱에 상처 난
친구 얼굴

발 빠른 친구
선생님께 도움 청해
싸움 멈추고 숨 고른다

선생님 꾸중에
내 마음 냉장고가 된
단짝 친구 사이에 생긴
강물 언제나 마를까?

빨간 거짓말

컴퓨터 게임 많이 해서
눈이 나빠진 걸까?
안경 쓴 내 모습에
안쓰러워하는 식구들

몰래 들여다 본
컴퓨터 게임 세상
금방 알아내는 엄마
빨간 거짓말 들통 났어.

두꺼비 한 쌍

골목길에
주춤주춤 멈춰 있는
갈색 두꺼비 한 쌍
쳐다보는 사람이 두려운지
두리번두리번
왕 눈 되어 걷기 시작한다
아스팔트길 지나
보도블록 인도 건너
돌멩이 비탈을 넘어
풀숲 아늑한 보금자리
찾고 찾아서
새집 찾아가렴.

뿌리 뽑힌 난

산길 오르다가
봄 난 한 촉
뿌리를 들어낸 채 떨고 있다

낙엽을 헤치고
연둣빛 새싹 추울까 봐
구덩이 파서
묻어 주었더니
가냘프게 웃고 있다

튼튼하게
뿌리 내리고
멋진 꿈꾸어라.

겨울배추

매서운 바람이
얼굴을 때리는
눈 덮인 겨울 들판

바람 막는 푸른 겉잎
켜켜이 속잎을
안고 있다

엄마처럼 품어준
커다란 배춧잎
품속에서 잠들었다.

버려진 우산

누군가 쓸모없다고 버린 우산
쿵쿵 만지작 만지작
할아버지 손에서
요술주머니 번쩍거려요
거센 바람에 고개 숙인 부챗살
뚝딱 뚝딱 만지니
화알짝 날개 폈어요
신난다고 혼자
날아가면 큰일이야.

바나나 기차여행

부글부글 울리는 신호에
달려간 관광열차

도착한 곳은 화장실
불끈불끈 솟는 힘에
오늘은 안전운행 할까

스위치를 누른다
막혀 넘치는 출구에
어찌하면 좋을까

급히 부른 엄마 의사
간신히 일 해결한 날

다음엔
마디마디 끊으면 될까?
맞춤형 변기를 주문할까?

사고 난 승용차

빨간 신호보고 멈추었는데
헬멧 쓴 배달원
승용차 꽁무니를 쿠웅

꽈당 넘어졌다가
엉거주춤 일어난 아저씨

승용차 걱정보다
ㅡ병원 가지 않아도 될까요?
부드러운 말 안겨준다

실수라며 쩔쩔 맨다
몸 잘 보살피고 그냥 가라며
잘못을 감싸주는
산타클로스 아빠.

제4부 | 새들의 놀이터

새들의 놀이터

아파트 공사 중
출입금지 표시줄이 출렁출렁

사람들 발길 막는
산책길 앞에서 보았지

풀씨를 쪼고 있는 비둘기
콕콕콕 식사 중

물 한 모금 꿀꺽꿀꺽
흰 구름도 들여다보는 물웅덩이

새들 쉼터 된 놀이터
노란 붓꽃도 반겨주지

나도 같이 놀까
손 흔들며 불러보면

후드득

바람을 이고

하늘 향해 날아가는 비둘기.

게임 나라 속에서 살고 싶어!

할아버지 오시면
스마트폰 게임 하는 날

스마트폰을 살며시 쥐어주는
일등 할아버지

엄마 눈총 뒤로 하고
구석에 앉아 꿈쩍 않고
눈동자 굴린다
꼼지락꼼지락
가슴이 두근두근
게임나라 속에서 살고 싶다
이크! 큰일이다.

친구 기다리는 거미

커다란 팔 들고 있는
나무와 나무 사이에

촘촘하게 지어놓은
그물 집

마법 같은 집 놀이터
펼쳐놓고서

놀러간 친구 언제 오나
기다리고 있다

지나가던 바람
흔들 그네와 함께 놀자고.

샤워기

욕조 속에서 뽀로로 타고
파도놀이 하며
인형목욕도 시켜요
거울 앞에서
아프리카 구경하고
손가락으로 그리는
코가 긴 코끼리
키가 큰 기린
동물왕국이 되었어요.

사투리 사랑

친할머니는 놀랄 때
우야꼬 우야꼬

외할머니는 말끝마다
오메 오메

전라도와 경상도
서로 다른 말씨에

작은 눈망울들
끄덕끄덕
사랑꽃 솔솔솔.

왕파리와의 숨바꼭질

냄새나는 곳이면
높은 곳 먼 곳 가리지 않아

제자리에서 빠른 활강
활주로도 없이
비상착륙도 하지

쫓으면 달아나서
손 비비며 날 놀리지

꼭 잡고야 말거야
초대받지 않은 왕파리

너 딱 걸렸다

천장 구석에
가만가만
제발 붙어있어라.

구름나무

하이얀 조각구름
커다란
나무 되었다
단단한
그물가지
손 뻗어
다가올 듯
하늘의
구름나무
함께 놀자며 따라온다.

호수 속 무대에는

물빛 호수 속에
물구나무 서 있는
아파트와 나무들

난 물속 세상에
푹 빠져들고

봄 햇살과
수초 사이에서
숨바꼭질하는
남생이 친구들

물속 무대에서
엄마 잉어
아기 잉어 떼
재미있는 연극을 한다.

숲속 나라가 떠들썩하다

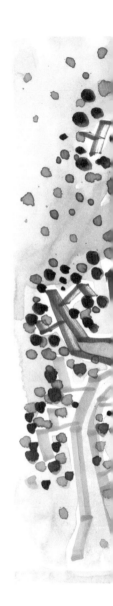

7월 햇살이
뜨거운지
나무그늘에 앉아
쉬고 있는 까치

밤꽃 향기 가득한 숲속
가만가만
초록세상을
수놓고 있는 칡넝쿨

뻐꾸기 노랫소리에
장단 맞추면
초록 노래 소리
울려 퍼진다

숲속 나라는
마음 편하게
만들어 주는 정화기.

90

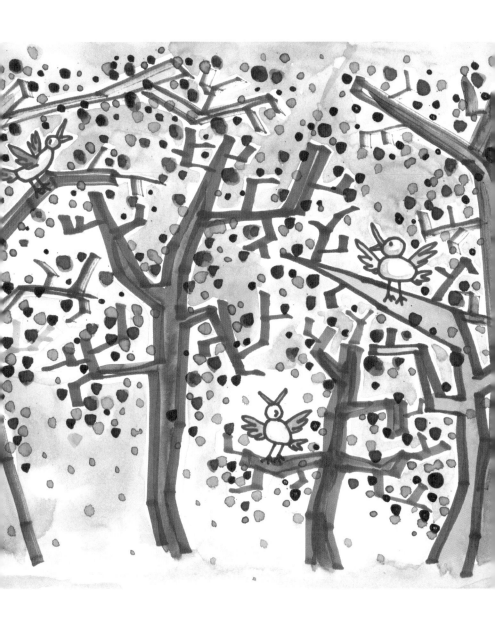

씽씽 카와 자전거

오빠는 자전거
나는 씽씽 카

씽씽 달리는
오빠 자전거 이겨야지

해님이 끌어주고
바람이 밀어주고

시간 가는 줄 모르고
달리는 씽씽 카

자전거와 씽씽 카가
똑같이 도착했다

손 흔드는 엄마는
해바라기 꽃.

삼나무와 이끼

키가 큰 삼나무
초록 옷 입었네

바람결에 살랑이는
살풋살풋 이끼 옷

햇살도 놀러와서
초록 옷 만져보고

산새도 다가와서
곱다고 칭찬하네

키다리 삼나무
초록 옷 입었네

밤바람이 찾아와
또닥또닥 이끼 옷

달빛이 만져주니
스르르 잠이 들고

숲속의 식구들도
솔솔솔 잠들었네.

옹이진 나무

비바람 태풍 속에서
흔들리며 견디었지

꺾일 듯 말 듯
구부러진 나무

나이테마다
감겨있는
이야기보따리

까마귀도 놀다가고
꿩도 쉼터가 된 그 자리

옹이진 상처
바람이 쓰다듬어 주지.

단잠 속에 빠져들고

이야기 책 끌어안고
인형들이 누워있는
방으로 가는 성원이
침대 위 텐트 안
인형들과 이야기
도란도란 주고받으며
생각 불씨 켜놓은 채
스르르 단잠 속에 빠진다

편안한 꿈나라
숨소리 새근새근
잠꼬대로 꿈틀대고
내 동생 성원이
예쁜 꿈도 함께 자란다.

빨래방

할머니 따라나선
빨래방
처음이라 서툰
할머니와 나

잘 알지 못한
기계 탓에
건조기 먼저 돈다

동전 다시 넣고
이 궁리 저 궁리

이불 빨래 넣고
동전 밥 주니
윙윙윙
돌아가는 기계

무거운 이불 빨래
한 스푼 세제를
부둥켜안고
향기를 품는다

빨래 안고서
돌아오는 길
해가 얼굴 붉히고 있다.

할아버지 목장은 선물이지

내가 엄청 아플 때
걱정하는 할아버지
약 잘 먹고 나으라는 전화에
내 마음 울컥

매애 염소
꼬꼬댁 닭들
꿀꿀 돼지 모습
목장이 눈에 선하다

눈을 감으면
새소리가 들려오고
개울에서 들려오는
물소리

동물을 좋아하는 나에게
무지개 같은 선물이다.

| 해설 |

자연 소재의
소담스럽고 정성스러운 작품을 빚다

서향숙 | 아동문학가

　김방순 시인은 오랜 교직 생활을 하였기에 누구보다
책임감이 강하고 무슨 일이든지 최선을 다하여 좋은 방
향으로 나아가려는 착한 심성을 지녔다.

　시인은 오래전 동산 문학으로 시 등단을 하였고, 강원
동시조로 등단하여 동시 작품을 쓰기 시작하였다

　시인은 환경달리기 학생시민백일장을 수상했고 전국
호수예술제 시부분에 우수상을 받았고 윤동주 별 문학상
과 광양문학상, 생태수필문학상을 받았다. 그는 초록동
요사랑회, 옥전문학회, 광주·전남아동문학회와 국제펜
한국본부 광주회원으로 부단히 문학에 대한 열망을 키워
나가고 있다.

　『잠자리 비행사』 동시집은 시인의 첫 번째 동시집이다.

102

시인은 유달리 자연을 사랑하기에 매일 접하는 자연에서 소재를 찾아서 동시의 작품을 빚으려는 노력이 엿보인다.

특히 세심한 눈으로 동식물과 자연 현상들을 대하며 물활론적 사고로 작품을 빚기에 소담스럽고 정성스러운 느낌이 작품 전반적으로 내재되어 있다.

하이얀 조각구름

커다란 나무 되었다

단단한 그물까지

손 뻗어 다가올 듯

하늘의

구름 나무

함께 놀자며

따라 온다

_「구름 나무」 전문

시인은 「구름 나무」에서 이미지와 비유, 상징을 기본적 도구로 사용하고 있다. 하얀 조각구름은 커다란 나무로 상징적 이미지로 바꾸고 있다. 시인은 비행기를 타고 가며 상상의 날개를 펼치고 있는 것이다. 시인은 기발한 상상을 부풀어 오른 빵 반죽처럼 키워서 구름 가지까지 손 뻗어 다가온다고 하였다.

　청각적, 시각적, 촉각적 이미지를 들여와 감각적인 자극으로 감동을 주는 것이다. 시인의 상상은 더 커지게 되어 친구로 생각한 구름 나무는 함께 놀자고 한다. 구름 나무는 시인의 집에까지, 따라오고 가슴 속 앨범에 자리를 잡게 되리라고 보고 있다.

커다란 팔 들고 있는
나무의 가지 사이에

촘촘하게 지어놓은
그물 집

집 놀이터인
마법 줄을 펼쳐놓고서

놀러 간 친구 언제 오나?
기다리고 있는데

지나가던 바람

흔들 그네와 함께 놀자 한다.

_「친구 기다리는 거미」 전문

시인은 위의 동시에서 자연 사랑의 주제를 잘 나타내고 있다. 거미의 마음을 온전히 이해하며 곤충이지만 거미와 서로 마음을 나누고 있는 것이다.

또한 시인은 마법 같은 거미집이라고 멋지게 지은 집을 그려내고 있다. 거미는 친구를 기다리고 있다. 그런데 안타까운 바람의 마음은 시인의 마음으로 놀자고 하고 거미를 위로하며 흔들어 준다. 시인의 자연 사랑이 잘 나타난 작품이다.

비바람 태풍 속에서
흔들리며 견디었지

꺾일 듯 말 듯
구부러진 나무

나이테마다
감겨 있는
이야기보따리

까마귀도 놀다가고
꿩도 쉼터가 된 그 자리

옹이진 상처
바람이 쓰다듬어 주지.

_ 「옹이진 나무」 전문

옹이진 나무는 소외되고 불쌍한 이들을 상징적으로 보여주고 있다. 하지만 옹이진 나무는 비바람 태풍이 의미한 각박한 현실에서도 그 힘든 시기를 잘 이겨내고 있다고 할 수 있다.

꺾일 듯 말 듯 구부러진 나무이지만 나이테에 감겨 있는 이야기보따리는 불쌍한 이들의 갖가지 사연들을 보여주는 상징성을 갖고 있다.

옹이진 나무의 친구들인 까마귀와 꿩들이 놀다간 쉼터! 바람의 따뜻한 마음을 지닌 이들의 도움과 배려에서 따스함을 느낄 수 있는 것이다. 시인의 자연 사랑은 본받을 만하다고 생각된다.

투명한 날개 가진 왕눈이
나뭇가지에 앉았어

살금살금 잠자리채 들고
그물망으로 낚아챈 순간,

퍽 무서웠나 봐

동생 바라보는
겁에 질린 잠자리 왕눈이
툭 튀어나올 것 같아
그만 하늘로 날려 보냈어.

_ 「잠자리 비행사」 전문

　시인은 「잠자리 비행사」에서 강한 자가 약한 자를 이기는 자연의 흐름을 보여주고 있다. 화자는 강자로써 멋진 날개를 가진 왕눈이를, 잠자리채를 들고 낚아채 잡고 만다.
　약자인 왕눈이는 얼마나 놀랍고 두려웠을까?
　화자는 강자의 마음보다는 약자의 편이 되어 두려운 마음을 잘 알게 된다. 그런 연유로 화자를 바라보는 잠자리 왕눈이의 눈이 너무 겁에 질려 튀어나올 것 같다는 생각에 약자의 편에 선 강자는 왕눈이를 하늘로 날려 보낸다.

우리 사회도 약자를 배려하는 현실이 되기를 바라는
시인의 마음이 잘 나타나고 있다.

> 향기 불러준
> 꽃 정원 잔치에
> 소르르 갔다
>
> 곰실대는 햇살과
> 나붓거리는 봄바람
>
> 너와 나
> 진한 우정의 숨결이
> 은은한 향기 속에
> 담겨 있는
> 향기 시계

_「향기 시계」 전문

시인은 「향기 시계」에서 우정이란 주제를 잘 나타내고
있다. 화자는 향기가 초대한 꽃정원 잔치에서 아름다운
꽃들이 웃음 지으며, 향기가 선물한 향기 시계에 담긴 참
다운 우정을 찾고 있는 것이다.

시인이 향기 시계 속에 은은한 우정의 숨결이 담겨 있다는 은유적 표현이 가슴 설레게 만들고 있다.

시인은 향기 시계가 시간이 흐르지 않는 정지된 상태로 멈춰 있다고 상상하고 있다. 시간이 흐르지 않는다는 것은 변치 않는 우정을 나타낸다고 본다.

마른 풀숲 사이에서
고개 들고
베시시 웃음 지으며
안겨온다

추운 겨울
웅크린 채
엎드려 있더니만

노란 물동이 항아리
머리에 이고
나온 거구나

바닷가 바람친구
가까이 다가와

휘리릭
휘파람 불어준다.

_「미소짓는 민들레」 전문

위 시는 봄철의 꽃으로 많은 시인들이 소재로 쓴 민들레를 보고 창작하고 있다. 시인은 다른 이들과 차별화된 안목으로 민들레란 식물을 대하고 있는 것이다.

시인은 자연을 사랑하기에 자연물에서 소재를 찾고 낯설게 하며 사물을 대하고 있다. 민들레가 추운 겨울 웅크리고 있다가 봄이 되자 노란 물동이 항아리를 머리에 이고 나왔다고 은유적으로 형상화 시키고 있으며, 바람 친구도 반갑다고 휘파람을 불어준다는 표현이 호응을 이룬다. 바람 친구도 반갑다고 휘파람을 불어준다고 표현하고 있다.

물빛 호수 속에
물구나무 서 있는
아파트와 나무들

난 물속 세상에
푸욱 빠져들고

110

봄 햇살과

수초 사이에서

숨바꼭질하는

남생이 친구들

물속 무대에서

엄마 잉어

아기 잉어 떼

재미있는 연극을 한다.

_「호수 속 무대에는」 전문

위 시에서 시인의 사고의 폭은 현실 너머인 상징 세계
에 다다르고 있다. 상징은 의미를 통해서 어떠한 의미를
전달하려는 것이다. 시인이 서 있는 현실 세계를 넘어 물
속 세상의 이미지화에 푹 빠져들고 있다.

상징의 세계무대에서 남생이 친구들은 숨바꼭질하고
아기 잉어와 엄마 잉어 떼는 재미있게 연극을 하고 있다.
시인의 생각은 물속 무대에서의 재미있는 연극이 계속
되게 만든다.

버들강아지 꿈틀꿈틀

봄을 불러요

초록 생명 틔우니

새로운 기운 듬뿍 담아

봄 인사 나눠요

봄바람 불러내서

마음에 새싹 키우고

햇살 한 줌

빈자리 채워가며

꽃망울 터뜨리라고

살포시 끌어안고 마법 걸어요

_ 「꿈틀꿈틀 꿈틀꿈틀」 전문

　「꿈틀꿈틀 꿈틀꿈틀」에서 시인은 봄의 전령사 버들가
지가 봄을 부르고 초록 생명을 틔우고 있다고 감각적으
로 작품을 형상화한 것이다.

　또한 봄바람을 불러내어 꽃망울 터뜨리라고 마법을 걸
고 있다. 시인은 제목도 의태어를 사용해 꿈틀꿈틀이라
고 쓰고 있다. 또한 버들강아지의 움직임에 의태어를 씀
으로써 독자에게 흥미를 주고, 독자를 배려하여 마법을

건다고 표현하고 있다.

> 문수골 산골짜기에
> 왜
> 안개비가 찾아들었을까?
>
> 살포시 까치발 들고
> 왜
> 웃으며 방문했을까?
>
> 굽이진 꿈을 산골짜기에
> 조붓한 산마을까지
> 메마른 나뭇가지
> 흔들며 깨우며
> 왜 깊고 아득한 숲 마을 나들이 했을까?
>
> _ 「봄비 마른 숲 마을 나들이」 전문

「봄비 마른 숲 마을 나들이」에서 시인은 봄비가 나들이
를 나오기를 기다리고 있다.

화자는 봄비가 문수골 산골짜기 안개비로 웃으며 소리
없이 나들이 왔다고 하여, 봄비를 의인화하고 있다.

봄비는 산골짜기나 마른 숲 마을에도 꿈이 나들이 나
온다고 한다.

숲 마을과 산마을 동식물들은 봄비가 나들이 나오면
얼마나 기쁘고 기분이 좋을까? 모두 모두 물을 마시며
속으로 웃을 것이다.

숲속 나라가 떠들썩하다

7월 햇살이
뜨거운지
나무 그늘에 앉아
쉬고 있는 까치

밤꽃 향기 가득한 숲속
가만가만
초록 세상을
수놓고 있는 칡넝쿨

뻐꾸기 우는 소리에
장단 맞추면
초록 노랫소리

울려 퍼진다

숲속 나라는
마음 편하게
만들어 주는 정화기

_「숲속 나라」 전문

　사람들은 무더운 한 여름에는 움직이기조차 힘들어한
다. 한낮의 햇살 아래엔 조금만 걷거나 놀아도 땀이 비
오듯 쏟아 모른다. 특히 연세가 많으신 어른들은 무더위
이겨내기를 더 힘들어한다.
　숲속 나라는 떠들썩하다. 뜨거운 햇살을 피한 까치는
나무 그늘에서 쉬고 칡넝쿨은 숲속 초록 세상을 만들어
나간다.
　뻐꾸기 노랫소리 장난에 맞자면 초록 노랫소리가 숲속
에 퍼진다.
　시인의 숲속 나라는 마음을 편하게 만들어 주는 정화
기라고 은유적 방식으로 숲속 나라를 표현한다.

꼼지락꼼지락

작은 씨앗 하나

땅속에 토닥토닥

햇볕과 친구 되어

바람 손잡고

뿌리 힘 키워간다

해님 닮아 둥근 얼굴

웃음 머금고

노란 손가락

하늘 향해 흔들흔들

푸른 하늘 흰 구름 끌어당겨

귓속말 한다

사람들 꽃 미소에

세상이 환하다

_「해바라기 꽃」 전문

116

시인은 환한 해바라기 꽃 미소에 세상이 환하다고 표현하고 있다. '꼼지락꼼지락, 토닥토닥, 흔들흔들' 의태어를 사용하여 시각적 이미지를 강조하고 있다. 해바라기 꽃잎은 노란 손가락으로 푸른 하늘 흰 구름을 끌어당겨서 귓속말하고 있다고 재미있게 표현하고 있다. 시인은 서정성을 가지고 마음도 따스하게 만들어 주고 있는 것이다.

포플러 나무가
손을 흔든다

비 오는 날 빗물 머금어
생기 돋아나고

해 뜨는 날
해님과 입맞춤으로
초록 손을 키우고

바람 부는 날
키다리가 되어 간다
전봇대도 그 모습에 놀라고

_「포플러 나무」 전문

봄철에 중국에서 건너온 많은 황사 때문에 날씨는 미세먼지 황사에 대해서 보통 일기예보에서 예보를 하고 있다.

포플러나무에 비오는 날 화자는 목마른 나무가 빗물을 마시며 시들었던 나무가 싱싱해진다.

해가 뜨는 날은 초록 손을 키우고, 바람 부는 날은 키다리가 되어 가서 전봇대도 그 모습을 보고 놀란다고 표현하고 있다. 시인의 생각이 싱싱하다.

바람이 "뭐해?"하고
밤나무 가지 어깨를 탁 때리자
가지가 송두리째 꺾였다

툭 찌지직
밤나무는 소리를 지르며
바람을 노려봤어

아닌데 이건 아닌데
바람은 손을 힘껏 저었지

바람이 한 건
가지치기래

밤나무의 내일을 위한

저축 같은 거래

커다란 열매를 맺으려면

잔가지는

꺾어줘야 한 대

가을날

커다란 알밤을

얻는 건

아주 어려운 일이대

_「툭 찌지직」 전문

한여름 밤 무섭게 불어오는 태풍과 쏟아지는 장대비!
특히 아이들은 무서워하며 어른들도 태풍의 피해가 없을
까 걱정하게 된다. 툭 찌지직 시의 제목은 의성어로 청각
적 이미지를 강조하고 있다.

시인은 밤나무 가지가 꺾인 이유를 자연 현상에 순응
하여 희망의 시선으로 미래의 저축이라고 말한다. 또한
약한 가지가 꺾임은 커다란 열매를 위한 가르침으로 읽
는다. 또한 약한 가지가 꺾임은 커다란 열매를 위한 가르

침으로 보고 있다.

밤나무 엄마 품에서 밤송이 속 여린 삼 형제가 여물기를 기다리기 위해서 가을을 꼭 붙들고 있다고 본 것이다.

솜사탕 눈꽃송이
혀끝에 사르르르
아이들 폴짝폴짝
행복한 함성소리
너와 나 발자국 도장
두근두근 즐거워

바람에 나풀나풀
목화송이 휘날리면
속삭임 도란도란
흥겨운 노랫소리
성탄절 선물꾸러미
기다리는 설레임

_「쉿! 귀 기울여 봐」전문

요즘 어린이들이 트로트를 즐겨 부르는 걸 보면 애 어른 같은 느낌이 든다. 차리면 어린이들 동요를 즐겁게 부르는 세상에는 동심이 살아 있고 아이들의 꿈이 소록소록 피어난다.

작가는 동요 시의 작사를 맛깔스럽게 잘 짓고 있다. 「쉿! 귀 기울여 봐」는 동요 작사로써 반복하여 읽다 보면 어느새 어깨춤을 덩실덩실 추게 된다. 동심 속에서 쉿! 귀 기울여 보면 솜사탕 눈꽃송이 사르르 녹고 팔짝팔짝 뛰어노는 아이들의 기쁨, 함성이 들려온다. 또한 바람에 목화송이 휘날리면 아이들이 속삭임과 노랫소리가 울려 퍼진다. 그 마음은 반가운 크리스마스 선물을 기다리는 아이들의 설렘이 눈에 선하다

시인은 의성어와 의태어를 선물해서 시각, 청각, 미각, 후각, 촉각을 깨우는 동요 시를 쓰고 있다.

어릴 때부터 함께 한 돌순이

색색거리는 숨소리

쌓여가는 아픔에

엄마 곁 떠나지 않는

강아지들 고개 떨구고

엄마 몸 감싼다

동물병원에서

치료하고 돌아와

날 밝기를 기다리는 안타까움

끝내 아기 강아지들과

눈물 어린 이별식을 치른 돌순이

정든 가족 마음속에 안고 있다

_「눈물 어린 이별식」 전문

　현대에는 애완견을 키우는 가정이 많다. 애완견도 가족의 초 구성이라고 생각하고 사랑을 퍼부으며 가족들에게 기쁨을 주고 있다.

　눈물 어린 이별식에는 가족의 애정을 받으며 오랜 기간 가족의 일원으로 지내온 돌순이가 늙고 아파서 강아지들 곁을 떠나려 하고 있다. 동물병원에 다녀온 뒤 밤새 아파서 고통스러워하는 모습에 가족들과 강아지들도 함께 마음의 아픔을 잘 노래하고 있다. 눈물 어린 강아지들과 가족들과의 이별식을 치른 돌 순이의 몸은 떠나갔어도 사랑의 정을 가족의 마음에 따사로이 담고 있다.

　동물 사랑의 주제가 잘 나타난 시는 가슴이 찡한 감동을 주고 있다.

부글부글 울리는 신호에

달려간 관광열차

도착한 곳은 화장실

불끈불끈 솟는 힘에

오늘은 안전 운행할까?

스위치를 누른다

막혀 넘치는 축구에

어찌하면 좋을까

급히 부른 엄마의 다

간단히 일 해결된 날

다음에

마디마디 끊으면 될까?

맞춤형 연기를 주문할까?

_「바나나 기차여행」 전문

　　시에 등장한 화자의 안타까운 경험을 잘 보여주고 있다. 바나나 기차여행이란 제목도 재미있게 제목으로 정했다고 본다. 특히, 현대 아이들은 야채 먹기를 좋아하지

않고 패스트푸드 음식을 즐겨 먹고 있다. 특히, 피자·
통닭·햄버거·빵·햄·과자·탄산음료 등을 좋아하고 자주
섭취한다. 건강에 좋지 않은 음식을 좋아하다 보면 변비,
설사, 배변 등 활동이 자연스럽지 않은 경우가 있다.

화자는 배가 아파서 배변 뒤에 화장실 변기가 막혀 안
절부절못한 모습을 잘 그려내고 있다. 결국 엄마 의사의
해결로 난감한 그 상황이 실감나게 읽힌다.

> 누군가 쓸모없다고 버린 우산
>
> 쿵쿵 만지작만지작
>
> 할아버지 손에서
>
> 요술 주머니 번쩍거려요
>
> 거센 바람에 고개 숙인 부챗살
>
> 뚝딱뚝딱 만지니
>
> 화알짝 날개 폈어요
>
> 신난다고 혼자
>
> 날아가면 큰일이야
>
> _ 「버려진 우산」 전문

할아버지 손은 요술 손으로 쓸모없이 버려진 우산을
잘 고치고 있다. 오래됐거나, 낡고 부서진 물건들은 아무

생각도 없이 마구 버리고 마는 현실이다. 물질이 풍부한 시대를 살다 보니 버려진 우산 시가 감동을 주고 있다.

시인은 의태어 의성어를 잘 사용하여 이미지를 확실하게 나타내고 있다. 할아버지 우산은 뚝딱뚝딱 소리를 내며 신기하게 고개 숙인 부챗살을 사랑스럽게 고쳐 놓는다.

시인은 할아버지가 고친 우산이 날개를 펴고 신나게 날아가면 큰일이라며 조바심을 내고 있다. 은은한 미소를 짓게 만들며 감동을 주고 있는 것이다.

어려운 수학 문제도
끝까지 노래하며
끙끙끙

내 입맛에
안 맞는 건강식
먹어보려고
흠흠흠

마음 세상
넓혀보라

키워보자

내 힘으로

_「끙끙끙 흠흠흠」 전문

보다 나은 인간이 되기 위해 애쓰면서 사는 것보다 더 훌륭한 삶은 없다. 그리고 실제도 보다 나아지고 있음을 느끼는 것보다 더 큰 만족감을 없다고 한 소크라테스의 말이 생각난다.

요즘 대부분 어린이는 어릴 때부터 부모의 사랑을 받으며 자라난다. 그런 연유로 어떤 어려운 문제가 생기게 되면 스스로 해결하기 보다는 선생님, 부모님, 조부모님 등 다른 어른들에게 해결해 주기를 바란다.

「끙끙끙 흠흠흠」 시에서 화자는 부모님, 선생님, 조부모님 이들에게 의논하지 않고 스스로 해결하려는 우리와 독립심을 좇고 있다. 이런 어린이들이 많을수록 나라의 장래는 밝다고 볼 수 있다.

앞으로 탄생하여질 김방순 시인의 작품집은 어떤 새로움으로 형상화될까 기대가 된다.

첫 작품집 출간을 축하드린다.

잠자리 비행사

초판 1쇄 인쇄   2024년 10월 18일
초판 1쇄 발행   2024년 10월 25일
—

지 은 이   김방순
그 린 이   박희선
펴 낸 이   임성규
펴 낸 곳   아꿈
디 자 인   정민규
—

출판등록   2020년 12월 23일 제363-2020-000015호
주   소   62357 광주광역시 광산구 월곡산정로 20-49 101동 106호
전자우편   a-dream-book@naver.com
—

ISBN 979-11-981348-8-2 03810

어린이제품 안전특별법에 의한 표시사항

제품명 도서 **제조년월일** 2024년 10월 18일 **제조사명** 아꿈 **주소** 광주광역시 광산구 월곡산정로 20-49 101동 106호 **제조국명** 대한민국 ⚠ **주의** 책 모서리에 찍히거나 책장에 베이지 않게 조심하세요.